沒有孩童就沒有天堂。

阿爾加儂·斯溫伯恩（Algernon Charles Swinburne）

對放學後的學生來說，沒有辣炒年糕就沒有天堂。

年糕奶奶

똥볶이 할멈 2 어른들의 들켜야할비밀

年糕奶奶便便變 2 網紅排行榜的祕密

姜孝美강효미／文

金鵡妍김무연／圖

林建豪／譯

甜甜辣辣、嚼勁十足！

「宇宙最強」辣炒年糕，好吃到**升天**！

但是……只要遇到壞蛋，

年糕奶奶就會施展魔法，念起「**便便變**」咒語！

微辣年糕、

炸醬年糕、起司年糕、

奶油年糕、醬油年糕、油炸年糕，

不論什麼口味的年糕，只要碰到壞蛋的舌頭，

馬上會變成「便便口味」的懲罰年糕！

所以，在年糕奶奶念咒語之前，

壞蛋最好趕快求饒，趕快逃跑吧！

辣炒年糕變，辣炒年糕便便！
辣炒年糕便便變！

網紅排行榜

的祕密！

噗嚕噗嚕

舊舊的大鍋裡，正煮著紅紅的辣椒醬汁。

為了讓醬汁充分入味，年糕奶奶用勺子努力攪拌，一邊攪拌一邊哼著歌：

「辣炒年糕～辣炒年糕～

宇宙最強的辣炒年糕～

你問我宇宙最強年糕的祕密～

美味沒有祕密～只有年糕奶奶的好手藝～」

就跟歌詞一樣，宇宙最強年糕的祕密沒什麼大不了，食材也只有年糕、辣椒醬汁、白糖和清水。但是年糕奶奶的辣炒年糕真的很特別。放入口中時，甜甜辣辣的滋味在舌尖慢慢擴

散，愈嚼愈香，愈嚼愈有勁。一吞下去，口腔
還會湧上香濃的微辣感，好吃到升天。

　　平常不愛炫耀的年糕奶奶，只要一談到自己
的辣炒年糕就變得非常自豪，好像完全忘記
「謙虛」兩個字。

　　「如果只說這是全國最美味的辣炒年糕，那
就太可惜了！我的辣炒年糕是全地球最強的！
不，是全宇宙最強的！」

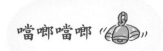噹啷噹啷

掛在店門口的鈴鐺響了。

今天第一個上門的客人是浩浩。他看起來有氣無力，拖著沉重的腳步走進來。

「請給我一份辣炒年糕……」

「小朋友，看你垂頭喪氣的模樣，我都覺得不開心了呢！」年糕奶奶一邊說，一邊在盤子上裝滿辣炒年糕，還撒滿好吃的起司。

年糕奶奶把辣炒年糕端給浩浩。

浩浩沒吃幾口就停下來，猶豫一下才開口：「年糕奶奶……你有沒有能大受歡迎的祕訣？」

「大受歡迎的祕訣？嗯，我不太清楚耶！」

「年糕奶奶，你怎麼可能不知道！這間辣炒年糕店可是我們學校最受歡迎的店耶！」

「胡說！」年糕奶奶大聲喝斥。

「不只陽光小學，我的辣炒年糕可是全國、全地球……不，是全宇宙最棒、最受歡迎……」

浩浩早已聽膩了這番炫耀的話，年糕奶奶還沒說完，他就拿出手機，插嘴說：「你看看這個！」

手機畫面上是影音 APP「豆音」，浩浩打開了自己的個人首頁，上面都是浩浩自己拍的影片，包含浩浩第一次自己煮泡麵、模仿偶像唱歌跳舞、新衣服與玩具的開箱介紹等等⋯⋯

　　「咦？浩浩，這是你耶！網路上有這麼多你的影片，看來你已經很受歡迎了呢。」

　　「這些是我自己拍的影片，年糕奶奶覺得怎麼樣呢？」

　　「你自己拍的？」

　　「對啊，我們學校最近很流行拍影片，我希望同學喜歡我拍的影片，多多按讚，所以我熬夜努力，一心想要拍出有趣的影片。」

　　「按讚？那是什麼？」

　　「如果你喜歡這部影片，可以按下影片下方的大拇指，以讚數來鼓勵影片的創作者。但是⋯⋯我的點閱率一直都是零，也沒有人按

讚。看來我真的很不受歡迎。」

「唉呀！」

年糕奶奶很想安慰浩浩，但因為她的個性面冷心熱，明明想要鼓勵人家，聽起來反而像責罵。

「我不懂那些，也沒興趣啦！如果不快點吃完辣炒年糕，我就把你趕出去喔。給我認真吃！」

「是⋯⋯」

嘴硬心軟的年糕奶奶，好心地給浩浩再添了一勺辣炒年糕。

掛在店門上的鈴鐺再次響起。

「今天我請客，大家盡情吃吧！」

一個女孩和朋友有說有笑地走進辣炒年糕店，點餐之前，她先拿起手機來拍攝影片。

「我今天要拍『美食』影片，標題就叫做『全宇宙最愛吃辣炒年糕的人就是我！』你們覺得怎麼樣呢？」

「哇！一定很有趣！」

「我一定會幫你按讚！」

浩浩羨慕地看著她們。

「年糕奶奶！她是世琳，她的影片是人氣最高的喔。」

「原來如此。」

「我好羨慕世琳，她真的很受歡迎耶。希望大家也喜歡我的影片，多多幫我按讚。」

年糕奶奶不發一語，只是靜靜攪拌大鍋裡的辣炒年糕。

太陽下山後，小朋友都離開了。

「唉呀，好累呀！總算打烊了，不過真是奇怪……」

換作是平常，大鍋早就見底了，但今天大鍋裡的辣炒年糕還剩下一半。年糕奶奶很訝異，她聞了聞辣炒年糕的味道，還盛了一點辣椒醬汁品嘗看看。

「嗯！味道沒什麼不一樣，還是全宇宙最強的辣炒年糕！」

年糕奶奶準備鎖上店門，這時一個巨大的毛

球突然滾到店門前，嚇得她跌坐在地。

「唉呀，這是什麼東西啊？」

毛球動了起來，露出小小的臉蛋。原來是年糕奶奶的助手，膽小的流浪貓「起司」！

「起司」是年糕奶奶幫這隻流浪貓取的名字，正如辣炒年糕絕對不能少了起司，年糕奶奶希望這隻貓咪能成為自己優秀的助手，所以幫牠取名為起司。

「……我可以進去嗎？」

「原來是你！趕快進來吧。」

起司鑽進店裡。

「對不起，天氣實在太冷了，我蜷縮起身體取暖，卻還是忍不住一直發抖。剛剛嚇到你了嗎？」

「唉呀，你想進來就直接進來，不需要經過我的同意！剛剛真是嚇壞我了！」

「可是我剛去過下水道和泥巴坑，不管怎麼清理都還是臭臭的。」

「沒關係！明天開店之前，我會把店裡打掃得乾乾淨淨。」

年糕奶奶拿了一杯溫水給起司。

別急，慢慢喝。

「話說回來，已經冬天了呢。」

起司咕嚕咕嚕地喝水。

年糕奶奶把今天店裡發生的事情都講給起司聽。

「哦，我知道！最近陽光小學的學生都很喜歡『豆音』。」

「豆音？」

「對！這是前不久剛推出的 APP，大家可以上傳自己拍的影片，和所有用戶分享。每天都會在 APP 公布讚數最多的人氣排名，所以小朋友都想拍出最受歡迎的影片！」

「讚數最多的人氣排名啊……」

「人氣排名每天都會更新，真的很有趣！世琳今天是第一名，但昨天她還只是第十名呢！」起司興奮地跟奶奶解釋。

「嘿嘿，年糕奶奶，我很厲害吧？無論附近發生什麼事，我全都一清二楚喔！」

「原來是這樣啊⋯⋯」

年糕奶奶突然想到一件事。

昨天從市場回來的途中，有個小朋友過馬路時還在拍影片，完全沒注意到對面來車。

「小心！」

幸虧年糕奶奶及時跑過去救了那個小朋友，否則後果不堪設想。

最近來辣炒年糕店拍影片的人也變多了。因為小朋友拍影片時太專心，都不知道自己是用嘴巴吃辣炒年糕，還是用鼻子吃了，有些人甚至還因此噎到。

年糕奶奶完全無法理解。吃東西時為什麼要分心拍影片呢？

她氣憤地說：「吃飯時就應該要專心！」

年糕奶奶看著豆音 APP，認真地思考。

起司突然大聲說：「我來幫忙解決浩浩的煩惱吧！」

「你要怎麼幫忙？」

「真的很簡單喔，超簡單的！」

「很簡單？」

「影片沒有人按讚，所以浩浩十分苦惱，對吧？那我來幫他按讚就好啦！」

起司立刻幫浩浩的影片按讚，牠自豪地翹起尾巴，希望年糕奶奶稱讚牠。

年糕奶奶忍不住搖了搖頭。

「我不確定這樣能不能解決浩浩的煩惱，我還是很不安。」

「你為什麼不安呢？」

「這個 APP 剛推出沒多久，小朋友就這麼沉迷，背後一定有什麼陰謀。」

「陰謀？好可怕啊！」

膽小的起司害怕得不斷發抖。

「沒辦法，在情況變得無法控制之前，我要挺身而出才行！」

年糕奶奶的雙眼變得炯炯有神，她綁緊圍裙，右手拿起勺子，左手拿起鍋子。

「要……要出動了嗎？」

「沒錯！該來『便便變』了吧！」

年糕奶奶笑著自言自語，念出非常厲害的魔法咒語。

年糕奶奶變，年糕奶奶便便，
年糕奶奶便便變！

接著就發生了不可思議的大變化！

奶奶原本蓬鬆的銀白頭髮，變成茂密又亮眼的紅色；原本沾滿醬汁的圍裙，也變成帥氣的白色盔甲；而充滿陳年汙垢的老舊勺子和鍋

子，則變成閃閃發亮的武器。

一轉眼，平凡的年糕奶奶變成了便便奶奶！

「也快點讓我變身吧！」

「沒問題！」

便便奶奶也對起司念起了「便便變」咒語。

起司喵喵變，起司喵喵便便，便便神喵便便變！

膽小的起司貓咪突然消失了，變成威風凜凜的「便便神喵」！

神喵活力十足地說：「我來帶路！我知道豆音 APP 的公司在哪裡。」

便便奶奶的靴子突然爆發出強大的噴射火焰，瞬間將奶奶推上高空。

「等等我！」

起司神喵用長尾巴纏上奶奶的腳踝，牠的身體就像真的起司一樣拉得長長的，飛向天空！

他們飛越漆黑的夜空，快到幾乎沒有人看見。

便便奶奶和神喵一起抵達豆音 APP 的公司，因為夜色已深，辦公室空蕩蕩的，一個人都沒有。

「那就由神喵我來找出豆音 APP 中隱藏的陰謀吧！」

話還沒說完，神喵便急急忙忙開始行動。

神喵雖然是個認真的助手，但牠喜歡做些不必要的事情，所以常常在便便奶奶下命令前，就已經累得無法動彈。

神喵一會兒鑽到椅子下，一會兒跳上天花板，又在桌子間滑來滑去，四處檢查。

但這些都是多餘的動作，對這次任務完全沒有幫助！

「起司，拜託你，趕快停下來！」

神喵立刻停下動作，年糕奶奶深吸了幾口氣，接著看看手上的鍋子和勺子。

「現在輪到你們上場了！」

便便奶奶把勺子放進鍋子裡，開始快速轉動，就像平時為了讓年糕入味而攪拌一樣。唯一不同的是，現在轉動的方向和平時相反！

轉轉轉，轉轉轉，一圈又一圈⋯⋯

轉轉轉，轉轉轉，一圈再一圈⋯⋯

每轉動一圈，辦公室時鐘的分針就往回轉一圈。

時間從晚上八點倒回一個月前的下午三點，也就是豆音 APP 開始營運的前一天。

便便奶奶和神喵的眼前出現了辦公室忙碌的情景。

辦公室裡有兩個人在工作。身材高大、留著奇怪鬍子的是豆音 APP 的社長，身材矮小、

戴著眼鏡的則是唯一一位員工，他是社長的助理。他們似乎都看不見便便奶奶和神喵。

「喵！我們來到一個月前了！」

「我們的時間不多，時光倒轉的效力只有五分鐘。我來監視社長，你……」

神喵消失不見了。牠八成已經在辦公室上竄下跳，迫不及待想要找線索了！

「這傢伙真是……」

年糕奶奶聽見社長和助理正在交談。

「豆音一定會成為最受歡迎的 APP ！這是理所當然的真理，不容質疑！不過現在有個問題。」

「是什麼問題呢，社長？」

「我們要賺很多錢！把小朋友所有的零用錢都賺進口袋！」

「那麼……讓他們下載 APP 時付一大筆錢，這個方法怎麼樣呢？」

「喂！那就不會有人想要下載 APP 了呀！你真的是我選進來的助理嗎？」

「啊，當然囉！我可是您親自雇用的。」

「嗯……如果是用錢買讚數呢？一個讚賣二十五元。」

「二十五元？社長，好像有點貴耶……」

「拜託！你想想看，如果自己的影片都沒人按讚，你會做何感想呢？」

「我當然會很難過啊。」

「這樣的話，你就會花錢去買讚數，對吧？為了存錢，放學後就會忍著不去吃辣炒年糕，不是嗎？」

「哇！對耶！社長果然是天才！小朋友都希望自己的影片大受歡迎，如果可以讓他們多多

購買讚數，我們很快就能賺大錢呢！」

「喂，不是『我們』，是我！賺大錢的人是

我！」

聽完兩人的交談，便便奶奶非常生氣。

「天啊！居然要小朋友付錢買讚數？原來是這麼一回事！」

便便奶奶終於明白，為什麼這段時間來吃辣炒年糕的小朋友變少了。

為了提高影片的人氣，小朋友不得不花錢買讚數，甚至把零用錢全都花在上面，當然就沒錢來吃辣炒年糕了。

原來這就是宇宙最強辣炒年糕沒有賣完的原因！

便便奶奶準備去教訓兩人，但這時五分鐘的時效剛好結束，一轉眼社長和助理就消失了。

周圍再次變得安靜，辦公室一片漆黑。

神喵氣喘吁吁跑回來。

「我沒找到任何線索，喵。」

「沒關係，我已經查出其中的陰謀了！」

「這麼快？」

「前往豆音 APP 社長的家吧！」

豆音 APP 的社長就住在陽光小學董事長的
隔壁。

社長的豪宅好像一座皇宮，讓人忍不住嘖嘖
讚嘆。

便便奶奶和神喵從窗外探頭，看見社長和助理正在整理剛搬來的家具。

　　「社長真是太厲害了！豆音 APP 才上市一個月，就能搬到這種豪宅。」

　　「哈！我就是超級天才！」

　　「社長，你真的好厲害喔！」

　　匡啷噹！

　　便便奶奶和神喵打破社長家的窗戶，衝了進去。

　　社長和助理嚇了一跳。

　　「你、你們是誰？現在是什麼情況？」

　　「社長！快躲到我後面！」

　　社長立刻躲到助理背後，但助理比社長矮，根本擋不住社長。

　　便便奶奶的雙眼充滿怒火。

「你們兩個壞人！居然慫恿小朋友付錢買讚數，從中獲取暴利，難道不覺得羞愧嗎？」

「那、那是什麼意思？你在說什麼？」

「竟、竟然說我們慫恿小朋友花錢買讚數，還牟取暴利，未免也太過分了！」

「喵嗚嗚！」

便便神喵氣得全身毛髮倒豎，連尾巴也豎了起來，作勢要攻擊對方。

「做錯事不承認，竟然還敢說謊？真無恥！準備接受便便奶奶的懲罰吧！」

「懲罰？我是冤枉的！」

社長理直氣壯地說。

「我沒有賣讚數！我確實有過那個想法，但只是想想而已，絕對沒有做出那種事！」

助理附和說：「沒錯，沒錯！社長說的對！

我們絕對沒有賣讚數！豆音 APP 根本不需要用這種方法來賺錢！」

便便奶奶訝異地問：「什麼意思？」

「就算不賣讚數，我們也賺了很多錢，因為豆音非常受歡迎！我一開始都沒想到小朋友會這麼喜歡我們的 APP 呢。」

社長一臉無辜。

神喵懷疑地看著便便奶奶，便便奶奶默默點頭，社長說的是實話。

「真的嗎？你們真的沒有賣讚數？」

「當然呀！最近小朋友之間競爭激烈，只要和競爭有關，小朋友都會竭盡所能，只為了當第一名！就算不買讚數，為了提升排名，小朋友會向同學提出交換條件，像是幫忙寫作業，或請他們吃東西。在這樣的風氣下，APP 自

然就變得更有名了，呵呵！」

「沒錯，就是這樣！如果想成為人氣王，朋友的讚數就不能比自己多，還要在別人的影片留下惡意留言，在背後嘲笑⋯⋯啊！」

社長突然生氣地瞪了瞪助理，助理停頓了一下，繼續說：「總之，因為社長的策略超級厲害，豆音相當受歡迎！我們唯一的錯，不過就是研發了這個超人氣 APP ！」

「咳咳！他說的沒錯，我唯一的錯不過就是研發了這個 APP。」

聽完這番話，便便奶奶頓時沉默不語。

「原來是因為小朋友之間互相比較影片的讚數，形成了一種競爭心理……」

神喵不甘願地點頭。

「如果沒有販售讚數，從中獲取利益，那便便奶奶就不能懲罰他們。畢竟研發讓小朋友沉迷的 APP 不算犯錯。」

社長抬頭挺胸，傲慢地說：「既然證明我沒有錯，你們也該離開了吧？你這個紅頭髮老太婆，還有會說話的臭貓！」

「呃呃！我不是臭貓，我是神喵！」

不過，社長不打算讓便便奶奶和神喵就這麼簡單地離開。

「慢著！」

社長突然叫住便便奶奶。

「仔細想想，你們突然闖入我家，還打破窗戶，害我嚇了一跳！如果就這麼讓你們離開，我也太吃虧了吧？」

「對呀，對呀！社長說的沒錯！」

「你們這些傢伙，竟敢這麼對便便奶奶說話！」神喵氣得豎起尾巴，憤怒地喵喵叫。

便便奶奶制止生氣的神喵。

「這麼說也沒錯。為了表達歉意，我想請你們吃我最拿手的辣炒年糕，你覺得怎麼樣呢？」

「什麼？就只有辣炒年糕喔？」

雖然嘴上這麼說，社長卻偷偷流口水，助理的肚子也忍不住咕嚕咕嚕叫，因為他們最喜歡吃辣炒年糕了。

「你們居然嫌棄？這可是全地球最強，不，是全宇宙最強的辣炒年糕！」

「全宇宙最強的辣炒年糕？如果真的那麼好吃，我就大方原諒你們。」

「哇，社長真是太善良了！」

「但如果你做的辣炒年糕很難吃，我可不會輕易饒過你們！」

便便奶奶笑了笑，把手上的勺子放進鍋子裡攪拌。

轉轉轉，轉轉轉，一圈又一圈……

轉轉轉，轉轉轉，一圈再一圈……

轉眼間，鍋子裡出現了熱騰騰的辣炒年糕。

「哇！」

「社長！聞起來好香喔！」

社長和助理坐在餐桌前，迫不及待地拿著刀

叉準備品嘗，甚至脖子上都圍好了餐巾。

「竟然讓他們吃到宇宙最強的辣炒年糕！真

是暴殄天物！」

神喵非常生氣，在社長的大房子裡橫衝直撞。

　　社長小心翼翼地把香噴噴的辣炒年糕塞進嘴裡。

　　「天、天啊！」

　　社長睜大了雙眼。

　　「這真是宇宙最強的辣炒年糕耶！」

　　「真的嗎？」

　　聽到社長的話，助理立刻把辣炒年糕塞進嘴裡。

　　「哇喔、哇喔！我第一次吃到這麼美味的辣炒年糕！」

　　兩個人狼吞虎嚥，很快就把盤子裡的辣炒年糕吃光光。

「但是從今天開始，你們再也吃不到任何美味的辣炒年糕了！」

便便奶奶的眼神變得犀利，立刻對兩人念出咒語！

辣炒年糕變，辣炒年糕便便！
辣炒年糕便便變！

接著又說：

連續一百年，
你們都會吃年糕變便便！

念完咒語後，便便奶奶的勺子射出一道閃光，擊中了兩人的舌頭，發出一聲巨響。

「啊，好燙！」

「社長！我的舌頭燒起來了！」

兩個人吐著舌頭，痛得不斷跳腳。

神喵被突如其來的便便懲罰嚇了一跳。「便便奶奶，你為什麼突然施展懲罰咒語呢？」

「神喵，我找到事件的真相了，你看這個。」
年糕奶奶點開豆音 APP，畫面上是浩浩的個
人首頁，她點開其中一支影片。

神喵好奇地問：「這不是浩浩
上傳的影片嗎？怎麼了？」

「神喵，你剛剛不是幫
浩浩的影片按讚了

浩浩的 機智生活

我按的讚
不見了！！！

嗎？但現在你看這裡！」

浩浩每一支影片的讚數現在居然都是零。

神喵驚呼：「奇怪？我按的讚不見了！到底是怎麼回事？」

「這就要問問他們了！」

便便奶奶狠狠瞪著社長和助理，兩人嚇一跳，畏畏縮縮地講起悄悄話。

「社長……怎麼辦？我們販賣取消讚數的事被發現了。」

起司睜大雙眼，大聲說：「取消讚數？」

「你真是大嘴巴！給我閉嘴！你真的是我選進來的助理嗎？」

「當然，我可是您親自雇用的！」

便便奶奶說：「我都知道了！你們賣的不是讚數，而是『取消讚數』！小朋友之所以會購買這個東西，是因為只要別人的讚數減少，自己就能成為人氣王了！」

神喵嚇得跳起來。

「天啊！原來小朋友做的，是取消別人的讚嗎？」

「沒錯，因為人氣排名，小朋友不僅開始相互競爭，甚至傷害彼此。你們這些大人居然還從中牟利，當然就該接受懲罰！」

「沒錯！他們應該接受懲罰！」

神喵激動地跳起來。

「你們剛剛已經中了便便年糕咒語，這輩子你們吃到的辣炒年糕都會是便便的味道！」

「辣炒年糕變便便？你在開玩笑嗎？」

「哈哈哈哈！就是說呀，社長，我也覺得很好笑！」

「你別吵！」

助理立刻閉上嘴巴。

「只要中了這個咒語，無論是微辣年糕、炸醬年糕、起司年糕、奶油年糕、醬油年糕，還是油炸年糕，只要一碰到你的舌頭，原本美味的年糕馬上會變成便便口味的懲罰年糕！」

「哈哈哈，別騙人了！我們剛剛的辣炒年糕
超級美味耶。」

「對呀！這可是宇宙最強的辣炒年糕，我現
在吃給你看……嗯嘔嘔！」

助理吃了一口辣炒年糕，卻馬上吐出來。

「啊！你怎麼了？」

「社長！我的嘴裡都是便便的味道！」

「你說什麼？」

社長毫不猶豫地把看起來超級美味的辣炒年糕塞進嘴裡。

「嘔！呸呸呸！真的是便便的味道！」

正如助理所說，社長嘴裡充斥濃烈的便便味與屁屁味。

「拜託拜託，請你救救我們！別折磨我們啊！」

「對啊！我們很愛吃辣炒年糕耶！」

社長和助理跪地求饒，但便便奶奶是正義的使者，她可不會對壞人手下留情。

天漸漸亮了。

便便奶奶再次變回平凡的年糕奶奶，她準備去市場買菜，因此不停地加快腳步。

神喵再次變回膽小的起司，牠一臉疲倦，看起來很想睡覺。

「年糕奶奶，之前小朋友都把零用錢花在取消別人的讚，所以沒錢來吃辣炒年糕。聽到這個消息，我真的好難過。」

「就是說啊，小朋友應該很想吃辣炒年糕吧，真讓人難過。在學校已經要上很難的英文課、美術課和體育課，現在又要和同學比拚人氣……嘖嘖，真的好辛苦。」

年糕奶奶忍不住嘆氣。

「我要去一趟早市，準備足夠的辣炒年糕食材，絕對不能太少，因為我要讓每個小客人都吃飽……」

「好……豆音 APP 已經消失不見了，生意應該又會絡繹不絕吧……」

疲倦的起司很快進入夢鄉，沉沉地睡著了。

偷走狗狗的

神祕黑影

又到了放學時間，今天年糕奶奶的辣炒年糕店也擠滿了小朋友。

「年糕奶奶！請給我一份『像兩份那麼多』的辣炒年糕！」

「我要兩份『像三份那麼多』的辣炒年糕！」

「一份就是一份！兩份就是兩份！」

儘管年糕奶奶的口氣很凶，但她還是在盤子裡裝滿美味的辣炒年糕，也不忘在熱騰騰的年糕上撒滿起司。

　　今天浩浩也來店裡吃辣炒年糕，他看起來很開心。

　　「年糕奶奶，豆音 APP 突然不見了。」

　　年糕奶奶說：「唉呀，太開心了！終於不會有人在店裡拍影片了。」

　　「今天世琳向我道歉了，因為她曾經取消我的讚數。」

　　「你怎麼回答她呢？」

　　「我接受了她的道歉。世琳其實很喜歡我的影片，她真的覺得很抱歉。世琳很多朋友取消

過她的讚數，他們也都向她道歉了。」

這時，世琳剛好走進店裡，浩浩的臉頰頓時漲紅。年糕奶奶看著臉紅紅的浩浩，欣慰地笑了。

「可是好奇怪喔，今天的辣炒年糕好像特別好吃耶！」浩浩說。

「臭小子！這可是全宇宙最好吃的辣炒年糕！快點吃光！沒有把食物吃光光，我會把你們趕出去喔！」

年糕奶奶在一旁嘮嘮叨叨。

浩浩津津有味地吃了兩盤辣炒年糕。

店裡的其他小朋友也吃得非常開心。之前小朋友的心思都放在豆音 APP 上，現在他們終於能好好品嘗美味的辣炒年糕了。

過了一會兒，小朋友拍拍吃得圓滾滾的肚子，一一回家了。年糕奶奶也終於能喘口氣。

「唉呀，總算打烊了。」

因為晚上很冷，起司很早就進到辣炒年糕店裡，縮成一團毛球來取暖。

「快遞到囉！」

送貨員把一個小包裹送到店門口。

「哇！年糕奶奶，是你的包裹耶！裡面是貓糧罐頭嗎？是新鞋子嗎？還是撒在辣炒年糕上的起司粉呢？」

起司開心地跑來跑去。

年糕奶奶實在受不了這麼激動的起司。

「起司！拜託你，趕快停下來。既然你這麼好奇，把包裹打開來看看就知道啦。」

年糕奶奶打開了包裹。

但包裹裡的東西既不是貓糧罐頭，也不是新鞋子，更不是起司粉，而是幾張照片。

「天啊！」

年糕奶奶和起司看到照片都嚇了一跳。

那是便便奶奶和便便神喵出任務時的照片！他們被偷拍了！

「喵！這、這不是我們嗎？」

「對呀！照片是誰寄來的呢？看來有人知道我們的真實身分了！」

噹啷噹啷

過了一會兒，掛在店門口的鈴鐺響了。

「打烊囉！」

「我、我不是來吃辣炒年糕的……」

門口站著一個垂頭喪氣的小女孩，她抱著一疊傳單。

「原來是娜娜呀！」

「年糕奶奶……我可以把這張傳單貼在店裡嗎？」

娜娜的傳單上寫著「尋找愛犬豆豆」，傳單上印了張毛茸茸小白狗的照片，那隻小白狗就是豆豆。

豆豆是娜娜的寵物，也是她的家人。

娜娜平常都會帶豆豆出門散步。偶爾想吃辣

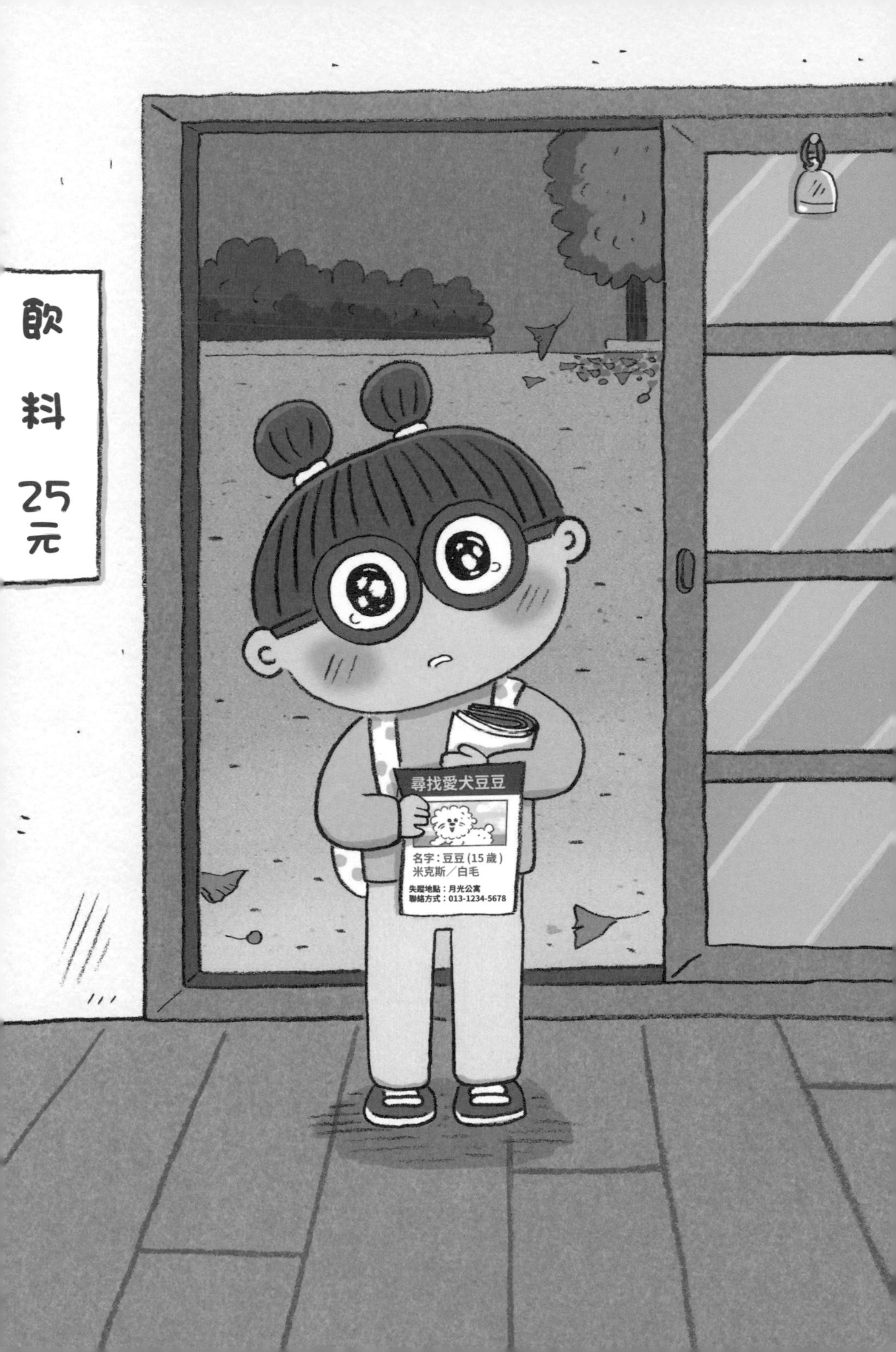
飲料
25元
尋找愛犬豆豆
名字：豆豆（15歲）
米克斯／白毛
失蹤地點：月光公寓
聯絡方式：013-1234-5678

炒年糕時，娜娜想帶豆豆進店裡，但怕狗狗會造成其他客人的困擾，因此常常在店門前猶豫不決。

每次娜娜在門口徘徊時，年糕奶奶都會熱情地招呼他們進來吃辣炒年糕。

「唉呀，你把豆豆弄丟了？」

「不是啦！」娜娜堅定地說。「牠不是弄丟的！牠是被偷走的！」

「什麼？這附近有小偷嗎？」

「對。昨天晚上睡覺前，我明明還抱著豆豆，但半夢半醒之間，我好像看見兩道黑影把豆豆帶走了！我本來以為是一場夢⋯⋯我真的以為那是一場夢，但起床之後，豆豆真的不見了⋯⋯」

外面傳來呼喚娜娜的聲音。

「娜娜！娜娜！你在哪裡啊？」

「媽媽，爸爸，我在這裡！」

娜娜的爸媽看起來很擔心，他們也拿著一疊傳單。

「豆豆不見了，我們也很擔心，想要把牠找回來⋯⋯但真的好累。」

「豆豆大概離家出走了吧。」

尋找愛犬豆豆

名字：豆豆(15歲)
米克斯／白毛

失蹤地點：月光公寓
聯絡方式：013-1234-5678

娜娜生氣地說：「才不是！豆豆怎麼會離家出走呢？豆豆一定是被偷走了！我一定要抓到那個小偷！」

看到娜娜這麼生氣，年糕奶奶非常想幫忙破案，她把傳單貼在店裡最顯眼的地方，接著說：

「豆豆竟然讓家人傷腦筋，真是不應該！如果你們找到豆豆，記得帶牠過來，我可要好好教訓牠！」

娜娜跟著爸媽離開後，年糕奶奶立刻鎖上店門。

原本縮在角落的起司走近說：「年糕奶奶，你雖然說得義憤填膺，但其實你很擔心豆豆，對吧？」

「哪有，我真的生氣了，豆豆怎麼能讓娜娜擔心呢！」

「唉，年糕奶奶就是刀子嘴豆腐心。那、那麼……要出動了嗎？」

「當然囉！我們要找到豆豆，然後好好教訓牠一頓！」

年糕奶奶一邊嘮叨，一邊念出非常厲害的魔法咒語：

年糕奶奶變，年糕奶奶便便，
年糕奶奶便便變！

奶奶原本蓬鬆的短髮，瞬間變成茂密又亮眼的紅色；原本沾滿醬汁的圍裙，也變成帥氣的白色盔甲；而充滿陳年汙垢的老舊勺子和鍋子，則變成閃閃發亮的武器。

平凡的年糕奶奶，再次變成便便奶奶！

便便奶奶也對著起司念起了「便便變」咒語：

起司喵喵變，起司喵喵便便！
便便神喵便便變！

膽小的起司貓咪突然消失了，變成威風凜凜的「便便神喵」！

神喵活力十足地大喊：

「我帶你去娜娜家！」

便便奶奶和神喵瞬間飛向天空。

為了不再讓別人發現他們的蹤跡，便便奶奶和神喵飛行的速度比光速還快。

便便奶奶和神喵到了娜娜家。娜娜跟爸媽還在外面尋找豆豆，所以家裡一片漆黑。

「立刻開始行動吧！」

便便奶奶看著手上的鍋子和勺子，說：

「好，現在輪到你們上場了！」

接著，便便奶奶把勺子放進鍋子，開始快速轉動，但轉動的方向和平時相反。這時，牆上時鐘的分針開始倒轉了。

轉轉轉，轉轉轉，一圈又一圈……

轉轉轉，轉轉轉，一圈再一圈……

時間從晚上八點倒回前一天晚上十點，也就是二十二個小時前。娜娜說，那個時候她正好

看見了偷走豆豆的黑影。

便便奶奶和神喵看見睡著的娜娜，豆豆也躺在娜娜身旁睡覺。

「我們來到一天前了，便便奶奶！」

「我們只有五分鐘⋯⋯」

神喵不見了，牠八成正在展開搜索。

他們兩個都睡得很熟。

看那邊！

經過一番搜查後，神喵再次出現，小聲地告訴奶奶：「看那邊！小偷來了！」

正如神喵所說，房間另一頭真的有兩道影子悄悄走近。

為了看清小偷的長相，便便奶奶和神喵躲在黑暗中，睜大雙眼。

「天啊！」神喵嚇得大叫：「便便奶奶！他們竟然就是小偷！」

「太不可思議了。」

便便奶奶也說不出話。

月光下的兩道黑影，竟然是娜娜的爸媽！

爸爸和媽媽悄悄走進娜娜的房間，抱著豆豆離開家。

「放開豆豆！」

正當神喵準備衝向兩人，豆豆、媽媽、爸爸、以及在睡夢中微微睜開眼睛的娜娜，一瞬間都消失不見了。

便便奶奶搖頭說：「我早就覺得很可疑了。」

「嗯？什麼？」

「之前娜娜說過，她看到帶走豆豆的黑影，但沒聽見豆豆的叫聲。如果是陌生人把牠帶走，聰明的豆豆應該會大聲汪汪叫。」

「真的耶！」

「因為是家人帶走牠，所以豆豆沒叫。」

神喵不開心地說：

「但是……娜娜的爸媽到底想把豆豆帶去哪裡呀？而且他們明明知道娜娜很難過，卻假裝完全不知情，還說要幫娜娜找到豆豆，真是太壞了！啊！他們該不會是要拋棄豆豆吧？」

起司變身成神喵之後通常不太會發抖，現在卻全身發抖，不是因為害怕，而是因為牠實在太生氣了。

「我有很多朋友本來和人類一起生活，後來被主人拋棄，不得不流落街頭。我勸牠們忘了那些壞蛋人類，但牠們覺得自己不是被拋棄，只是主人不小心忘記帶牠們回家，所以每天都乖乖等著主人來帶牠們回家……」

「神喵……」

「便便奶奶，如果娜娜的爸媽真的拋棄了豆豆，請你一定要教訓他們……使出非常嚴厲的懲罰也沒關係，你要讓這些人明白，拋棄生命與家人是非常惡劣的行為……」

「好，我知道了。」

便便奶奶和神喵來到了陰暗的巷口，娜娜的爸媽正在貼傳單。

　　「啊！你們是誰啊？」

　　一看到便便奶奶和神喵，娜娜的爸媽不禁嚇了一跳，一大疊傳單被晚風吹得散落一地。

　　「你們這兩個壞蛋！你們明明就是帶走豆豆的人，卻假裝幫娜娜尋找豆豆！說，你們到底把豆豆帶去哪裡了？」便便奶奶大聲喝斥。

　　神喵接著說：「便便奶奶會嚴厲地懲罰你們！這可是比便便咒語更可怕的『超級便便變』！乖乖接受懲罰吧！」

　　「『超級便便變』？」

　　「只要中了這個咒語，不管是披薩、烤肉，還是炸醬麵、漢堡、味噌湯……只要一碰到你

的舌頭，原本美味

的食物馬上就會變成便

便口味！」

　「我的天啊！請不要這麼做！」

　「對不起，我們知道錯了！我們的確

帶走了豆豆……但這都是為了娜娜啊。」

　娜娜的爸媽向便便奶奶下跪求饒。

　神喵的雙眼充滿怒火，全身不停顫抖。

　「啊！便便奶奶！我快受不了了！趕快懲罰

他們！快點！」

　　便便奶奶制止了不斷催促的神喵，問說：「你們說『這都是為了娜娜』，是什麼意思呢？」

「豆豆身材嬌小，看起來像幼犬，但其實牠已經十五歲，年紀很大了。不久前……」

娜娜爸爸的眼眶泛起淚水。

「我來說吧。」娜娜媽媽接著說：「不久前，我們發現豆豆罹患了重病，醫生說豆豆已經沒希望了……但我們不忍心告訴娜娜。」

「對，娜娜一出生，豆豆就陪伴著她。如果豆豆死了，娜娜一定會非常難過，所以我們寧願讓她以為豆豆還在某個地方好好地活著。」

便便奶奶的表情稍微緩和下來，神喵也無話可說。

「這樣呀……那豆豆在哪裡呢？」

「牠在動物醫院，昨天剛進行緊急手術，但是牠可能撐不過今晚了。」

便便奶奶靜靜思考了一下，沉重地說：「身為人生路上的前輩，我想給你們一個建議。每

要怎麼跟娜娜說呢？

我開不了口……

個人都會經歷離別，大家遲早都要學著去面對生死。儘管娜娜還小，你們可以陪她一起面對豆豆的離去、跟豆豆告別。在這次經歷之後，我相信娜娜一定會有所成長。」

一開始娜娜的爸媽面有難色，但思考之後，他們答應了：「好，我們知道了。」

「豆豆！」

回去店裡的路上，便便奶奶和神喵看見邊哭邊跑的娜娜。

「娜娜大概知道真相了吧。」

「我們要不要跟上去看看？」

「好！走吧。」

娜娜跑到動物醫院。

豆豆虛弱地躺著，看到娜娜過來時，牠使盡渾身的力氣，朝娜娜搖了搖尾巴。

娜娜摸著毛茸茸的豆豆，哭著說：

「豆豆！你很不舒服嗎？為什麼一直躺著呢？你真的要離開我嗎？我還有很多話想跟你說，還有很多事想跟你一起做……」

娜娜緊緊抱住豆豆。

「對不起，我沒有經常陪你散步；對不起，我沒有給你吃很多點心；對不起，有時候你黏著我，我還對你發脾氣。更過分的是，你明明生病了，我卻完全沒發現。豆豆，對不起……」

神喵在窗外看著娜娜跟豆豆說話的景象，牠的眼眶泛起了淚水。

「年糕奶奶，娜娜和豆豆再也無法見面了嗎？」

「對娜娜來說，豆豆是家人，是姊姊，也是第一個好朋友。豆豆是最溫暖的枕頭、最搞笑的開心果，也是最有智慧的老師。如果他們再也無法見面，實在太殘忍了。娜娜和豆豆一定會再次見面的，雖然豆豆去了很遙遠的地方，但牠會在那裡等著娜娜。」

娜娜靠在豆豆耳邊，悄悄地對牠說：「再見，豆豆，我們一定要再見面喔。」

　　豆豆沒有任何反應，但便便奶奶聽見豆豆最後的心聲。

　　「謝謝你，娜娜。我這輩子過得很幸福，因為我和你成為了一家人。」

噹啷噹啷

今天辣炒年糕店的第一個客人是娜娜。

「年糕奶奶，你好！」

「娜娜，要來一份辣炒年糕嗎？」

娜娜看起來很難過，但她活力十足地說：

「不，我今天不是來吃辣炒年糕，我是來把貼在店裡的傳單拿回去。」

「哇！你找到豆豆了嗎？」

「對，我找到豆豆了。」

「真是太好了！」

「年糕奶奶，我知道豆豆去哪裡了喔。豆豆現在過得很開心，就像傳單上這張照片一樣，笑得非常開朗。我相信牠現在一定很幸福！」

「應該是吧？」

年糕奶奶端了一盤辣炒年糕給娜娜。

「既然來了，那就吃一點吧！我可不會讓來
店裡的客人餓肚子！」

天色漸漸變暗。

還不到六點，四周就已經一片漆黑。

年糕奶奶提早準備打烊，要鎖門時，她發現起司在門外縮成一團，冷得不停發抖。

「我……可以進去嗎？」

年糕奶奶生氣地說：

「想進來就直接進來，如果你再問一次這種問題，就不要當我的助手了！」

起司垂頭喪氣地走進店裡。

「我在路邊出生，一輩子注定在外流浪，最後大概也會死在路上。年糕奶奶，你賦予我『便便神喵』這麼重大的任務，對我來說，你就是我的家人。」

「你真會說肉麻話。」

年糕奶奶雖然嘴上嫌棄起司很肉麻，但仍熱心地幫起司準備熱騰騰的食物。

這時，起司發現年糕奶奶的表情看起來有些悲傷。

「年糕奶奶，怎麼了？」

「天啊，起司，你果真是我的家人。光從表情就能看出我的心情，還真是瞞不過你。三十年前，我剛開始經營辣炒年糕店，當時有個小朋友來找我談心事。他跟娜娜一樣，家裡的狗狗不見了，但當時我沒辦法幫他解決煩惱，因此我一直惦記這件事。」

起司喝著年糕奶奶幫牠準備的湯，不以為然

地說：「喵！都過了三十年，現在那個小朋友已經長大成人，大概也忘記這件事了吧。如果他依舊懷恨在心，那真是心胸狹窄耶！更何況，他應該也不知道年糕奶奶就是幫小朋友解決煩惱的便便奶奶吧。」

就在此時！

店外傳來吵雜的聲音，有人破門而入，店門應聲倒下。

陽光小學的董事長站在門口，他拿著錄音機，陰險地大笑。

「年糕奶奶，你果然就是便便奶奶！現在輪到我來報仇了！」

隔天。董事長召集陽光小學的全體學生。

「各位同學！請看清楚這張照片！」

董事長話一說完，大大的投影布幕上立刻出現一張照片。照片裡的建築是年糕奶奶的辣炒年糕店，流浪貓起司正從店門走出來。

　　「各位愛乾淨的同學，你們經常光顧這間辣炒年糕店，老闆竟然讓髒兮兮的流浪貓跑進店裡！從今天開始，陽光小學的學生絕對不能再去這間辣炒年糕店！聽懂了嗎？」

等著瞧吧

便便奶奶！

第三集待續……

我討厭凶巴巴的大人，他們說的話好像長了尖刺，常常傷害別人。

但是長大以後的我經常想像，這些大人現在雖然很凶，小時候的他們有沒有可能是溫柔善良的人呢？

因為他們本性溫柔善良，反而常被人欺負，受傷的他們因此變得凶巴巴，還把自己封閉起來，以此來保護傷痕累累的內心。

不知道從什麼時候開始，善良和年輕的人變成弱勢的一方。

小朋友因為年紀比較小，所以常常被大人忽視，對吧？大人覺得小朋友年紀小，什麼都不懂，所以要乖乖聽大人的話。

但大人才什麼都不懂呢。

比起小朋友，大人更常犯錯，而且也都會被揭穿！

為了守護小朋友的天真無邪，便便奶奶可不會饒恕隨意利用或欺騙小朋友的大人！

你是否見過便便奶奶呢？

如果你還沒見過她，那是因為便便奶奶就像聖誕老公公一樣非常忙碌。請不要難過，你很快就能見到她喔。

祝你有個好夢，一覺醒來之後，所有問題都會迎刃而解！

想成為年糕奶奶的姜孝美

大家來找碴

請在下面這張圖中找出第一集和第二集

的主人公：笑笑、天天、浩浩，和娜娜！

小野人 52

年糕奶奶便便變 2 網紅排行榜的祕密

作　　者	姜孝美강효미	
繪　　者	金鵡姸김무연	
譯　　者	林建豪	

野人文化股份有限公司

社　　長　張瑩瑩
總 編 輯　蔡麗真
副 主 編　王智群
責任編輯　陳瑞瑤
行銷企劃經理　林麗紅
行銷企畫　蔡逸萱、李映柔
專業校對　魏秋綢
封面設計　周家瑤
內頁排版　洪素貞

讀書共和國出版集團

社　　長　郭重興
發行人兼出版總監　曾大福
業務平臺總經理　李雪麗
業務平臺副總經理　李復民
實體通路組　林詩富、陳志峰、郭文弘、吳眉姍、王文賓
網路暨海外通路組　張鑫峰、林裴瑤、范光杰
特販通路組　陳綺瑩、郭文龍
電子商務組　黃詩芸、李冠穎、林雅卿、高崇哲
專案企劃組　蔡孟庭、盤惟心
閱讀社群組　黃志堅、羅文浩、盧煒婷
版 權 部　黃知涵
印 務 部　江域平、黃禮賢、林文義、李孟儒
出　　版　野人文化股份有限公司
發　　行　遠足文化事業股份有限公司
　　　　　地址：231 新北市新店區民權路 108-2 號 9 樓
　　　　　電話：（02）2218-1417　傳真：（02）8667-1065
　　　　　電子信箱：service@bookrep.com.tw
　　　　　網址：www.bookrep.com.tw
　　　　　郵撥帳號：19504465 遠足文化事業股份有限公司
　　　　　客服專線：0800-221-029
法律顧問　華洋法律事務所　蘇文生律師
印　　製　凱林彩印股份有限公司
初版首刷　2022 年 3 月

ISBN：978-986-384-644-4（平裝）
ISBN：978-986-384-657-4（PDF）
ISBN：978-986-384-658-1（EPUB）

有著作權　侵害必究
特別聲明：有關本書中的言論內容，不代表本公司／出版集團之立場與意見，
文責由作者自行承擔
歡迎團體訂購，另有優惠，請洽業務部（02）22181417 分機 1124、1135

國家圖書館出版品預行編目（CIP）資料

年糕奶奶 @ 便便變 🥢 . 2, 網紅排行榜
的祕密 / 姜孝美作；金鵡姸繪；林建豪
譯 . -- 初版 . -- 新北市：野人文化股份有
限公司出版：遠足文化事業股份有限公
司發行 ,2022.03

　　面；　公分

862.596　　　　　　　110020778

年糕奶奶 @ 便便變 2

野人文化　野人文化
官方網頁　讀者回函

線上讀者回函專用
QR CODE，你的寶
貴意見，將是我們
進步的最大動力。